Si tu ne parviens pas à déchiffrer les messages codés, pas de panique ! Tu pourras toujours trouver la solution à la fin du livre.

Retrouve toute l'actualité
des romans Fleurus.

FLEURUS

Direction : Guillaume Pô
Direction éditoriale : Sarah Malherbe
Édition : Estelle Mialon
Conception graphique, intérieur et couverture : Studio Primo&Primo
Mise en pages et déclinaison de la couverture : Virginie Langlais
Correction : Catherine Rigal
Direction de fabrication : Thierry Dubus
Fabrication : Axelle Hosten

www.fleuruseditions.com
ISBN : 978-2-2151-6615-3
MDS : FS66153

« Loi n° 49-956 du 16 juillet 1949 sur les publications destinées à la jeunesse, modifiée par la loi n° 2011-525 du 17 mai 2011. »

CHARLOTTE GROSSETÊTE
& CHARLES DEROO

MÈNE TON ENQUÊTE

Au royaume des licornes

FLEURUS

CHAPITRE 1

Voyage au pays des licornes

– Plus vite, Lubéron !

Réagissant à l'enthousiasme de Marion, le beau cheval se lance au galop. La cavalière sourit, grisée par la vitesse.

À droite et à gauche défilent les prairies du centre équestre, bordées par la sombre ligne de la forêt. Marion connaît chaque détail de ce paysage. Pourtant, elle éprouve toujours le même plaisir à arpenter le domaine où elle pratique l'équitation.

Voilà un poteau indicateur, à une intersection entre deux allées. Il doit être tout récent car Marion ne l'a jamais vu… Intriguée, elle fait halte devant. La cavalière frotte la poussière qui le recouvre pour en lire l'inscription.

Utilise la carte à gratter pour révéler ce que découvre Marion…

Marion connaît ces allées par cœur. Or, rien n'y évoque une lettre de l'alphabet ! Perplexe, elle scrute le paysage. À cet instant, un vol d'oiseaux migrateurs passe dans le ciel : il a la forme d'un V ! La cavalière plisse les yeux. On ne dirait pas des oiseaux, plutôt des… chevaux ailés ? Les ailes déployées battent l'air en cadence. Marion observe de nouveau le panneau, incrédule. « Suivre le V »…

– Au galop, Lubéron ! ordonne-t-elle en s'élançant dans la même direction que l'étrange escadrille.

Hélas ! les silhouettes aériennes s'éloignent trop vite pour Lubéron, qui ralentit déjà. Au bout d'un moment, Marion aperçoit un animal couché au milieu de la prairie. Serait-ce un poulain échappé de l'écurie ? Un peu dépitée, la jeune fille décide d'abandonner la poursuite du « V ». De toute façon, la formation ailée est déjà loin à l'horizon.

Mettant pied à terre, elle s'approche doucement du poulain pour ne pas l'effrayer.

– Comme tu es joli, murmure-t-elle. Et si petit !

Sidérée, elle aperçoit soudain la corne blanche ornant le front de l'animal… qui a aussi des ailes !

– Tu es une... licorne ailée ?

L'animal hoche tranquillement la tête. Secouant ses ailes, il laisse tomber sur l'herbe une feuille de papier que Marion ramasse. La feuille blanche sent le muguet et est curieusement épaisse.

Guidée par le licorneau qui pousse sa main du museau, Marion découvre que le papier est en double épaisseur et qu'il peut s'ouvrir sur le côté. Seulement, à première vue, l'intérieur est vierge.

Inclinant la tête, son drôle de compagnon touche le papier du bout de sa corne. Aussitôt, un message apparaît ! Bien qu'il y manque certaines lettres, Marion parvient à le déchiffrer malgré tout.

Découvre le message secret en découpant les deux pages suivantes !

– C'est toi, Fabula ? demande Marion au petit animal.

Le bébé licorne hoche à nouveau la tête.

– Le problème, c'est que je ne peux pas abandonner Lubéron, explique Marion en désignant son cheval.

Et puis, on risque de s'inquiéter pour moi si je disparais !

Fabula agite sa corne... c'est comme une craie virevoltant sur un tableau invisible ! Des lettres apparaissent soudain, en suspension dans l'air... mais écrites à l'envers ! Heureusement, un miroir surgit par magie. Grâce à lui, il devient aisé de déchiffrer le message, avant qu'il ne s'efface.

UNE JOURNÉE CHEZ NOUS = QUELQUES MINUTES CHEZ VOUS. TU NE DEVRAIS PAS ÊTRE ABSENTE TROP LONGTEMPS.

– Dans ce cas, allons-y, accepte Marion, dont le cœur est autant rempli de curiosité que d'appréhension.

La jeune cavalière plonge son regard dans les yeux de Fabula, d'un bleu profond. Tout à coup, elle a la sensation d'être attirée dans un tourbillon d'azur ! Lorsqu'elle retrouve enfin la stabilité, elle découvre autour d'elle une plaine dont l'herbe

Chère M . rion,

Le peuple des licornes a . esoin de toi.
Sa . eine Opaline . été enlevée.
Veux-tu aider les li . ornes à l . remettre
en . . berté, malgré les . angers ?
Si oui, sa fille Fabula peut t'emmener
dans notre r . yaume magique.
Il te suffit pour cela de . egarder
fixement ses yeux.

Signé : la fée du Muguet

ondule à perte de vue. Parsemée de rochers et d'arbres, sillonnée d'un joli ruisseau, cette steppe ne comporte pas la moindre habitation. En revanche, une dizaine de licornes entourent Marion et Fabula... qui se met à lui parler d'une voix enfantine :

– Merci de venir à notre aide.

Devant la stupeur de Marion, Fabula sourit et explique :

– Bienvenue dans notre monde ! Ici, les licornes sont douées de parole !

Une autre licorne, plus âgée, intervient :

– Merci, Marion, mais le temps presse ! L'homme qui a enlevé Opaline n'a laissé derrière lui qu'un message illisible. Le comprendras-tu ?

Tout en parlant, la jolie créature désigne du bout de sa corne une suite de lettres inscrites dans la boue du ruisseau...

BXALRNAN MD CXWWNAAN. VXW JVRN.
KAXDRUUN VJ YRBCN BR SN BDRB YXDABDRER !

Marion secoue la tête, navrée.

– Vous connaissez le ravisseur ?

– Oui. C'est un chevalier toujours vêtu de noir qui s'appelle Hardouin. Hardouin le N-E, comme les lettres.

– Le N-E ? répète Marion, déroutée.

– Oui. Il est empli de haine.

– Ah ! je comprends : Hardouin le Haineux. Charmant surnom !

Marion reporte son attention sur le message. Haineux, comme les lettres : N-E... Voilà qui lui donne une idée !

– Et si c'était juste un alphabet décalé, élaboré d'après son surnom ? dit-elle à mi-voix. Si N égale E dans le message codé, alors O serait égale... à F, P à G, et ainsi de suite ! Il me faudrait de quoi écrire...

À ces mots, un stylo et une feuille de papier jaillissent devant elle dans un nuage de magie ! Elle écrit l'alphabet d'un côté, puis de nouveau l'alphabet en vis-à-vis, mais décalé à partir du E...

A = R	H = Y	O = F	V = M
B = S	I = Z	P = G	W = N
C = T	J = A	Q = H	X = O
D = U	K = B	R = I	Y = P
E = V	L = C	S = J	Z = Q
F = W	M = D	T = K	
G = X	N = E	U = L	

Ça marche ! La phrase ainsi déchiffrée devient :

– « Sorcière du Tonnerre, mon amie, brouille ma piste si je suis poursuivi ! » énonce-t-elle à haute voix pour les licornes. Qui est la sorcière du Tonnerre ?

– Une horrible mégère ! gémit une licorne. Elle peut provoquer des orages terribles !

– Des cyclones et des tornades ! renchérit une deuxième.

– Là où elle passe, le déluge s'abat avec une rare violence ! C'est étonnant qu'elle n'ait pas déjà agi...

Les licornes paraissent tout effarouchées. Fabula conclut tristement :

– Les licornes ont très peur des tempêtes. Comme tu le vois, nous avons vraiment besoin de ton aide.

– Je comprends. Fabula, as-tu une idée de la direction prise par ce Hardouin ?

– Le parfum de maman flottait par là-bas, tout à l'heure..., indique le licorneau en pointant sa corne vers la droite.

– OK, allons-y.

Tout à coup, un sombre nuage voile le soleil jusqu'alors radieux. Un éclair zèbre le ciel, s'abattant sur un arbre tout proche qui prend feu !

Aussitôt, les licornes se dispersent au galop. Fabula, saisissant la manche de Marion entre ses mâchoires, la tire vers un abri rocheux.

CHAPITRE 2

Chez la fée du Muguet

L'orage se déchaîne avec violence. Heureusement, il est de courte durée. Un instant plus tard, Marion rassure Fabula blottie sur ses genoux.

– C'est fini. On peut repartir.

Cependant, quand elle s'extrait de sa cachette, le décor est saisissant : la steppe ressemble à une peinture qu'on aurait trempée dans l'eau. Tout est devenu flou, irréel. Fabula s'exclame, désemparée :

– La sorcière a brouillé la piste, je ne sens plus aucune odeur ! Et toutes les licornes se sont enfuies…

Marion se demande que faire lorsqu'une rafale – le dernier assaut de la tempête ? – les fait décoller de terre, Fabula et elle. Les voici transportées loin, très loin, telles de simples brindilles, puis déposées dans une clairière où coule un torrent. Il y a là une jolie maison dont la cheminée fume, laissant échapper un délicieux parfum de cuisine.

Une fois remise des émotions de la balade, Marion s'approche, sur ses gardes. Nulle sonnette sur la porte envahie de fleurs grimpantes... Fabula désigne d'un mouvement de corne un petit écriteau recouvert de pollen, que Marion s'empresse de nettoyer.

Utilise la carte à gratter pour révéler ce que découvre Marion...

En effet, Marion avise un bouquet de muguet accroché à droite de la porte. Cela lui rappelle la signature du tout premier message, lorsqu'elle était encore dans le monde... *non magique* ! Elle secoue la grappe de fleurs, dont les clochettes tintinnabulent comme des grelots. La porte s'ouvre…

Marion pénètre dans une élégante salle à manger. Une immense tapisserie, qui occupe toute la longueur d'un mur, attire son attention : elle représente un bouquet éclatant, au-dessus duquel est brodé un message à l'envers ! Marion attrape le miroir magique qu'elle a glissé dans sa veste et déchiffre :

BIENVENUE, MARION. DÉSOLÉE POUR CETTE INVITATION « EN COUP DE VENT ». MAIS J'AI PRÉFÉRÉ QUE TU PASSES CHEZ MOI AVANT DE TE LANCER DANS TES RECHERCHES !

À peine Marion a-t-elle eu le temps de lire ce mot d'accueil qu'une ravissante fée apparaît dans un nuage de paillettes ! Sa coiffe à motifs de fleurs de muguet, le parfum qui émane d'elle… tout laisse deviner de qui il s'agit.

La jolie dame ailée soulève le couvercle d'une marmite mijotant sur le feu de la cheminée. Sans perdre de temps à se présenter, elle déclare :

– La soupe est prête. À table ! Il va vous falloir des forces pour partir à l'aventure.

Subjuguée, Marion s'assoit devant une assiette en forme de nénuphar qui a fleuri sur la nappe. La fée sert une louche de soupe fumante à ses invitées, et reprend :

– Tu te demandes quel est mon rôle dans cette histoire, Marion, et pourquoi je t'ai écrit pour solliciter ton aide. Eh bien, en t'observant au centre équestre, tout à l'heure, j'ai vu que tu étais une excellente cavalière. Mais tu es aussi très observatrice et astucieuse. Ces qualités vont nous être précieuses. Pourrais-tu m'aider à déchiffrer ce message trouvé devant ma porte, ce matin ?

WN CN VNUN YJB M'JRMNA UNB
URLXAWNB. VDPDNCCN. QJAMXDRW

Marion traduit le message que lui a tendu la fée, puis le lit à voix haute. Son hôte serre les poings avec colère :

– Je n'aime pas qu'on m'appelle Muguette, espèce de chevalier à la noix ! Ce n'est pas en me vexant que ce mufle me dissuadera de sauver Opaline. Au contraire !

À son tour, la fée s'assoit à table en poussant un soupir triste. Elle finit par expliquer.

– Je suis la meilleure amie d'Opaline. Hélas, mes pouvoirs ne sont pas illimités. La complice d'Hardouin, cette peste de sorcière du Tonnerre, m'a jeté un sort qui m'empêche de m'approcher de lui. Quand j'ai tenté de poursuivre Hardouin, j'ai buté contre un mur invisible qui m'a repoussée à coups de décharges électriques... Mais je manque à tous mes devoirs. Bon appétit !

Marion porte une cuillère de soupe à sa bouche. C'est un pur délice !

– Pourquoi la sorcière du Tonnerre aide-t-elle Hardouin ? demande-t-elle.

– Parce qu'elle en est amoureuse. Elle a eu un coup de foudre pour lui. C'est un comble, hein ? pour une sorcière du Tonnerre !

– Il l'aime aussi ?

– Pas du tout ! Mais il en profite pour avoir recours à ses services.

La fée marque une pause avant de poursuivre :

– Termine tranquillement ton repas et mets-toi en route. Nous nous retrouverons chez Hardouin : il vaut mieux que nous ne voyagions pas ensemble. Si l'une de nous tombe dans un piège, l'autre pourra plus facilement lui venir en aide...

Après s'être levée, elle prononce une formule incompréhensible, et sa silhouette devient de plus en plus floue, comme une image qui s'efface !

– Attendez ! s'écrie Marion. Où est-ce que je dois aller ? Comment retrouver Opaline ? Ne me laissez pas comme ça, donnez-moi au moins une piste !

Dans un dernier geste, la fée lui envoie un baiser en soufflant sur sa main. Un délicat parfum de muguet frappe les narines de son invitée.

– Il te reste un peu de soupe sur les lèvres... Sers-toi de ta serviette. À très vite, Marion.

Là-dessus, elle s'estompe pour de bon !

Fabula tend une serviette à Marion. Chose étrange, cette serviette, même dépliée, reste en double épaisseur... Recèlerait-elle un message secret ? Passant son couteau le long de la pliure, Marion déchire sans peine le fin tissu. Fabula le touche ensuite de sa corne et des mots jaillissent !

Découvre le message secret en découpant les deux pages suivantes !

Marion termine sa lecture en hâte car un bruit de cavalcade retentit à l'extérieur, dans la clairière. Fabula semble pressée de sortir.

Inquiète, Marion entrouvre lentement la porte....

CHAPITRE 3

Les quatre princesses licornes

À l'extérieur, quatre superbes licornes se tiennent devant la porte. Blanches comme neige, le regard pétillant d'intelligence sous leur corne d'ivoire, elles respirent la détermination et la bonté.

– Mes tantes ! s'écrie Fabula en leur faisant la fête.

– Bonjour, Marion, dit la plus fine des quatre arrivantes. Je m'appelle Cléophile, et voici Mila-Lune, Céphise et Plotine. Nous sommes les sœurs d'Opaline. Nous venons t'aider à la sauver.

– Alors, en route, s'exclame Marion, et merci ! La fée du Muguet nous conseille de remonter la rivière.

. emonte la rive droit. de la rivière
jusqu'à ce que tu aper . . . ves un torrent
qui . e jette dedans.
Longe cel . i-ci jusqu'à sa source :
Hardoui . vit là. C'est l'indi . e le plus sûr
p . ur ne pas p . rdre ta ro . te,
ca . la sorcière du Tonnerre est incapable
. 'effacer les c . urs d'eau.
Bon cou . age !

Lorsque Cléophile l'invite à monter sur son dos, Marion ne se le fait pas dire deux fois ! À peine s'est-elle installée que la licorne s'élance au triple galop. Quelle chevauchée fantastique ! Fabula vole à toute allure autour de ses tantes.

– Pourquoi es-tu la seule à avoir des ailes ? lui demande Marion, obligée de crier pour couvrir le sifflement du vent.

– Toutes les licornes naissent avec des ailes qui

disparaissent à l'âge adulte, répond Fabula. Elles deviennent alors si rapides et leur corne est si longue que cela leur suffit à déjouer les dangers. Pourtant, si maman avait eu des ailes...

Fabula se tait, le cœur lourd.

– Ne t'inquiète pas, nous allons la retrouver !

À cet instant, le vent forcit.

« La sorcière du Tonnerre repasse à l'attaque », songe Marion en refermant sa prise sur la crinière de Cléophile.

Les licornes se cabrent sous le premier choc de la tempête. Cléophile les encourage :

– N'ayez pas peur, mes sœurs ! Faites comme moi. J'ai découvert un moyen de lutter contre le vent...

Elle montre alors l'exemple. En réalisant de larges moulinets avec sa corne, autour de sa tête, elle produit un tourbillon de vent semblable à un cyclone : au centre, les courants d'air chassés vers l'extérieur font place à une zone de calme. C'est ainsi qu'elle peut recommencer à galoper au milieu d'un tunnel de vent, suivie de ses sœurs qui l'ont imitée. En revanche, Fabula, dont la corne est encore trop courte, se fait ballotter par les bourrasques...

– Fabula, viens vers moi ! lui enjoint Marion.

Heureusement, à force de persévérance, le bébé licorne parvient à se réfugier sur les genoux de la cavalière.

Quelques instants plus tard, l'équipage atteint un lieu où deux torrents se jettent dans la rivière : un à gauche, un à droite. La tempête s'est calmée, comme si la sorcière admettait provisoirement son impuissance.

– La fée du Muguet nous a dit de remonter la rive droite, rappelle Marion. Je vous propose donc de continuer à avancer le long du torrent de droite.

Un rire sarcastique crépite soudain derrière elle. La jeune fille se retourne et distingue, assise dans le feuillage d'un arbre, une silhouette vêtue de gris et noir surmontée d'un chapeau de sorcière en forme de zigzag... ou d'éclair ! Est-ce la sorcière du Tonnerre ?

De petits nuages en forme de lettres s'élèvent dans le ciel, au-dessus de sa tête.. on dirait un message codé !

QJAMXDRW, UJ ORUUN YJAC MJWB UN VJDEJRB BNWB !

Très vite, la sorcière disparaît. Était-ce une illusion ? Mais Marion pense plutôt qu'il s'agit d'une ruse de leurs ennemis pour vérifier qu'elle est capable de déchiffrer le code et la faire douter de son chemin. Elle décide donc de continuer comme si de rien n'était. Les licornes repartent à vive allure.

Tout à coup, Fabula, qui a pris de l'avance, se pose sur la rive pour renifler un étonnant sapin nain couvert de fleurs de muguet ! Ce détail insolite pousse Marion à faire s'arrêter ses précieuses alliées devant l'arbrisseau.

À la base du tronc, elle aperçoit un rectangle recouvert de vase issue de la rivière. Intriguée par cette forme géométrique parfaite, peu commune dans la nature, Marion gratte la boue de son ongle...

Utilise la carte à gratter pour révéler ce que découvre Marion...

Demi-tour ? Serait-ce encore une tentative de la sorcière du Tonnerre pour l'écarter du bon sentier ? Pourtant, un doute taraude la cavalière. Et si elle se trompait vraiment de chemin ?

Pendant qu'elle réfléchit, Plotine se régale des orchidées blanches qui poussent à foison le long de la rivière. Mais elle en recrache une avec dégoût.

– Pouah ! Cette fleur est toute dure !

– Ce n'est pas une fleur..., réagit aussitôt Fabula. Regardez !

Le licorneau s'en saisit entre ses dents et l'apporte à Marion.

En effet, les pétales ressemblent à du papier très épais... En déchirant l'un d'eux, la jeune fille parvient à déplier la fleur qui n'est autre qu'une sorte d'origami ! Elle le tend à Fabula, qui effleure de sa corne l'intérieur du papier...

Découvre le message secret en découpant les deux pages suivantes !

Marion fait une grimace.

– Pardonnez-moi, dit-elle aux licornes. Je me demande pourquoi la fée m'a appelée à l'aide, moi qui ne suis même pas capable de m'orienter !

– Ne t'en veux pas, tout le monde peut se tromper, fait remarquer Mila-Lune.

– Et nous n'avons pas perdu beaucoup de temps, renchérit Céphise. Nous allons vite le rattraper !

Marion les remercie d'un sourire, réconfortée.

– Savez-vous pourquoi il y a toujours des lettres qui manquent dans les messages de la fée du Muguet ?

Les sœurs d'Opaline secouent négativement la tête.

Marion n'a pas le temps de les questionner davantage car, à cet instant, une ombre mouvante passe

Chère Marion,
La rive droite d'une rivière est celle . . i
s . trouve à . a droite qu . nd tu te places
dans le même sens que le . ourant.
J'ai oublié de te le di . e ! Comme t . remontais
la rivière, tu étais dans le m . . vais sens.
Repars à l'endroi . où les torrents rejoignent
le cours d'eau et choisis mieux ton itin . raire !

devant le soleil, accompagnée d'un battement d'ailes cadencé. Mila-Lune pousse un cri d'alarme :

– Fabula, cache-toi dans les buissons !

CHAPITRE 4

À l'attaque !

Un immense condor fond sur les licornes, et il n'a pas l'air commode ! Un homme vêtu de noir le chevauche, épée à la main, coiffé d'un casque dont l'avant est recourbé comme le bec de sa monture.

Marion rentre instinctivement la tête dans les épaules. Les vaillantes licornes se rangent en ordre de bataille. Cornes en l'air, elles forment un rempart hérissé de quatre lances... Le sinistre oiseau est obligé de dévier sa course pour ne pas s'y embrocher !

Marion reprend courage. Elle casse une branche dans un arbre et décrit de grands moulinets avec.

Leur adversaire porte ses premiers coups : choc de l'acier contre l'ivoire, étincelles, hennissements des licornes, cris gutturaux du chevalier...

Dès que le condor revient à la charge, les licornes font volte-face pour parer la nouvelle attaque. Marion ne retient pas ses coups... Blong ! Sa branche touche le casque d'airain. Le cavalier noir darde son épée vers elle...

Se faufilant au cœur de la bataille, Fabula saisit entre ses mâchoires le gant de cuir du cavalier. Ce dernier répond par de brutales secousses. Mais Fabula tient bon, si bien que le gant lui reste entre les dents.

Grâce au courage de Fabula, les licornes passent de la défensive à l'attaque : le bouclier de l'ennemi ne suffit plus à éviter leurs coups de corne !

Sur un ordre rageur de son cavalier, le condor rompt le combat. Bientôt, il n'est plus qu'un point sombre à l'horizon. Victoire !

Fabula tend le gant à Marion, tel un trophée.

– Bravo à toutes ! les félicite la jeune fille.

– Tu t'es bien battue aussi, rétorque Cléophile.

Alors qu'elle examine le gant, Marion découvre une petite inscription recouverte de boue...

Utilise la carte à gratter pour révéler ce que découvre Marion...

– C'était donc lui..., murmure Marion. Hardouin le Haineux !

– Oui, confirme Plotine. Excuse-nous, nous n'avons pas eu le temps de faire les présentations !

Tout le monde rit pour oublier sa peur. Puis le petit groupe se remet en route, continuant à remonter le torrent.

Mais, bientôt, l'air s'alourdit de nouveau. Fabula, nerveuse, se perche sur l'épaule de Marion, qui lève les yeux pour observer le ciel. Quelle n'est pas sa surprise en voyant la sorcière du Tonnerre apparaître sous la forme d'un nuage particulièrement menaçant ! On dirait qu'elle tient quelque chose dans la main...

Et toi, as-tu repéré ce détail ?
Relie les points pour y voir plus clair...

Marion lâche un hoquet d'effroi à la vue de l'éclair et des tourbillons de vent annonçant une tempête imminente...

Heureusement, elle distingue un peu plus loin, au bord de la rivière, ce qui ressemble à l'entrée d'une caverne.

– Cachons-nous là, propose-t-elle.

Toutes se précipitent dans ce refuge naturel. Avec leur longue corne, il n'est pas simple pour les licornes de négocier l'entrée, mais elles y parviennent à force de contorsions.

Mila-Lune est la dernière à se mettre à l'abri lorsqu'un nouvel éclair zèbre le ciel. Avec un craquement sinistre, un arbre s'abat en travers de l'ouverture, arrachant quelques gros blocs de pierre et obstruant ainsi tout passage...

– Elle nous a coincées ! fulmine Céphise.

Marion ne répond pas. Grâce à un autre éclair qui illumine la grotte, elle a distingué une inscription sur la roche. Elle profite des éclairs suivants pour déchiffrer le message.

KNJCARLN , YXDAZDXR ANODBNB-CD MN V'NYXDBNA ? SN SDAN MN VN OJRAN ZDJWM VNVN JRVNA MN CXR.
QJAMXDRW

– Tiens, commente Marion, intriguée, ce chevalier semble être amoureux. C'est la preuve qu'il est capable de bons sentiments...

Cléophile s'offusque :

– Ça nous est égal qu'il en soit capable ! Tout ce qu'on veut, c'est qu'il nous rende Opal...

Un cri effrayé l'interrompt. C'est Plotine, qui tourne la tête dans tous les sens.

– Quelque chose a frôlé ma corne, explique-t-elle.

Marion, dont les yeux se sont accoutumés à la pénombre, distingue alors une petite forme voletant dans le noir.

– Ce n'est qu'une chauve-souris... (La jeune fille hume l'air, étonnée.) C'est elle qui sent le muguet ?

Leur visiteuse dégage en effet un délicieux parfum floral. Alors qu'elle repasse au-dessus de leurs têtes, elle laisse tomber une sorte de carton, que Marion ramasse aussitôt. Fébrile, la jeune fille profite de la lueur d'un éclair pour le dédoubler, comme les autres. La corne de Fabula touche l'intérieur du papier et un message apparaît...

Découvre le message secret en découpant les deux pages suivantes !

Marion s'exécute aussitôt.

À peine a-t-elle prononcé la formule que la métamorphose a lieu ! Les licornes se distinguent cependant par la corne miniature qui orne leur front de chauve-souris. Quant à Marion, en se touchant la tête du bout de l'aile, elle constate qu'elle a conservé son casque de cavalière !

Sur une paroi de la caverne, une inscription s'affiche :

ET MAINTENANT, SUIVEZ LE GUIDE !

Chère Marion,
Laisse cette . etite ch . uve-sou . is .ourn . r lentem . . t
trois . ois a . tour de vous. Au . oment pr . cis oi . lle aura
décrit le troisième cercle, écrie-toi :
« Belles licornes, mes amies, transformons-nous
en chauves-souris ! »
Signé : la fée du Muguet

Marion la déchiffre grâce à son miroir, également miniaturisé. Puis, sans perdre un instant, la chauve-souris au parfum de muguet se faufile dans un boyau gros comme le poing.

Tout le monde s'engouffre à sa suite dans l'étroit tunnel, qui débouche sur une série de salles souterraines remplies de stalactites et de stalagmites.

Malgré l'obscurité, Marion constate qu'elle n'a aucun mal à s'orienter : elle a hérité du fameux radar dont sont dotées les chauves-souris ! Elle émet des ultrasons, qui se répercutent contre les obstacles, lui permettant ainsi de les situer avec exactitude pour les éviter. Plus que pratique !

CHAPITRE 5

Les roses espionnes

Au terme d'un long circuit, Marion distingue enfin une faible lueur devant elle. Leur guide met le cap dessus et se faufile à travers une fente étroite. Après l'avoir suivie, Marion émerge au grand jour.

À son grand soulagement, elle reprend aussitôt sa silhouette humaine !

Très vite, les licornes la rejoignent et retrouvent elles aussi leur apparence.

Les voyageuses expriment leur gratitude à la petite chauve-souris, qui s'en retourne ensuite dans les entrailles de la falaise.

– L'orage s'acharne toujours de l'autre côté de la grotte, fait remarquer Marion.

– La sorcière pense sûrement que nous sommes encore coincées là-bas, renchérit Cléophile. Profitons-en pour nous remettre en route.

Mila-Lune propose de prendre Marion sur son dos, et les voilà reparties !

Le petit groupe regagne la rivière, traversant un paysage noyé de brume. Ce brouillard, formé de millions de gouttelettes, émet une subtile fragrance de muguet. Fabula s'exclame :

– Je flaire le parfum de la fée !

– Je crois qu'elle est à l'origine de cette brume, avance Marion. Pour nous dissimuler aux yeux de la sorcière...

Mais, après quelques minutes de marche facile, la petite troupe se retrouve face à un nouvel obstacle. Le torrent se resserre, s'écoulant dans une gorge étroite entre deux falaises... Impossible de le longer ! Il faudrait contourner les hauts rochers. Problème : le brouillard opaque ôte toute visibilité.

Tout ce que Marion peut distinguer, en levant les yeux, c'est une sorte de baguette flottant dans l'air vaporeux... Intriguée, elle demande à Fabula :

– Peux-tu atteindre cet objet ?

Le bébé licorne s'exécute et rapporte entre ses dents ce qui se révèle être une flûte. Lorsque Marion s'en saisit, l'instrument s'oriente dans une direction précise. Suivant son intuition, la jeune fille le secoue : après s'être stabilisé, le bec pointe de nouveau la même direction, comme la flèche d'une boussole ! Est-ce un coup de pouce de la fée du Muguet pour leur indiquer le chemin ?

En examinant mieux l'objet, Marion découvre, entre deux trous, quelques salissures qu'elle essuie...

Utilise la carte à gratter pour révéler ce que découvre Marion...

Sans hésiter, Marion souffle dans la flûte. Au lieu de notes, c'est un vent puissant qui sort par le bec... Céphise, Plotine, Cléophile et Fabula sont propulsées très loin par cette bourrasque irrésistible ! Marion et Mila-Lune n'ont pas le temps de réagir qu'elles se sentent elles aussi pousser par le vent. Alors le petit groupe décide de se laisser porter, même si cela l'éloigne de la rivière.

Au loin apparaissent bientôt les contours d'un gracieux château. Les licornes sont comme aspirées dans cette direction. Fabula, plus légère que ses tantes, finit par disparaître de leur vue... Malheureusement, rien à faire ! Le vent ne tombe qu'après avoir déposé les quatre licornes et Marion devant le portail.

– Où est Fabula ? s'inquiète la jeune fille, avant de repérer le licorneau sur... le toit !

Rassurée, Marion invite par gestes Fabula à les rejoindre, puis elle observe les environs.

Son regard est attiré par la boîte aux lettres d'où dépasse une enveloppe. Curieusement, celle-ci porte son nom...

La jeune châtelaine qu'elle aperçoit au balcon s'appellerait-elle aussi Marion ? Ce serait quand même une drôle de coïncidence !

Marion

Sceptique, la cavalière s'empare du courrier... qui sent le muguet et semble en double épaisseur ! Cette fois, aucun doute ! ce message lui est destiné.

Marion déchire le papier et le tend à Fabula, qui les a rejointes, pour qu'elle libère le message grâce au contact de sa corne...

Découvre le message secret
en découpant les deux pages suivantes !

– Planter des espionnes... comme on plante des fleurs ?

Les pétales de rose accompagnant le message mettent la puce à l'oreille de Marion, qui reporte son attention sur l'allée. Elle remarque alors la terre fraîche au pied du rosier, mais surtout que les fleurs ont des yeux et une bouche !

Ce détail t'a échappé ?
Reporte-toi à l'illustration de la page 45
pour le repérer.

– Elle a ri. « Comme si vous aviez cette somme en poche ! », elle lui a dit.

Une autre rose glisse :

– Mais Hardouin a rétorqué d'un air mystérieux : « Peut-être que je l'ai... » Alors, moi, je suis allée explorer sa poche en catimini...

La fleur déploie un fin et long tentacule vert. Au bout de ce tentacule se trouve une ventouse, et un bout de papier collé dessus La rose le tend à Marion en expliquant :

– Il n'y avait pas d'argent dans la poche d'Hardouin, mais ce petit mot.

SN V'NWPJPN J YJHNA CANWCN VRUUN MDLJCB LXWCAN DWN YNJD MN URLXAWN NC BJ LXAWN.
JRPAN-JLRMN

À la lecture du message, Marion fronce les sourcils.

– Qui est Aigre-Acide ?

Hardouin . st passé dans ce châ . eau il y a
cin . min . t . s. Il a parlé longtemps, dans . 'allée,
avec l . jeune . éatrice. Je n'ai touj . urs pas pu
m'approcher, mais j'ai réussi à pla . ter des espionnes
à cô . . de lui. Ouvre le . . eux, tu devrais les repérer...
Va les . . terroger, elle . . ' . pprendront peut-être
que . les paro . . s ils ont échangées !
Signé : la fée du Muguet

Toujours sur son balcon, la jeune femme ne semble pas avoir vu le petit groupe.

– Restez ici, cachées derrière ce bosquet, recommande Marion aux cinq licornes. Je vais essayer d'avancer sans me faire voir !

Marchant à pas de loup jusqu'au rosier, la jeune cavalière murmure aux fleurs :

– Bonjour... C'est la fée du Muguet qui m'envoie. Il paraît que vous avez entendu une conversation entre...

– Oui, chuchote une fleur. Entre Hardouin et Béatrice.

– La jeune femme au balcon, c'est Béatrice ?

– C'est bien elle, l'informe une autre rose. Hardouin veut l'épouser.

– Pour lui plaire, ajoute une troisième, il lui a promis un cadeau royal : un télescope à trente mille ducats, qui permettrait d'observer l'espace à une distance incroyable. Béatrice est passionnée d'astronomie...

– Et qu'est-ce qu'elle a répondu ?

Les roses frémissent. Certaines replient même leurs pétales, comme si elles cherchaient à fuir ce nom.

– C'est la reine des sorcières, finit par annoncer une fleur.

– Elle est aussi méchante que la sorcière du Tonnerre ?

– Beaucoup plus !

Marion grimace.

– Eh bien, ça promet ! Mais je comprends mieux l'enlèvement d'Opaline... Cet horrible individu compte la tuer et la vendre ! Il faut absolument empêcher cela. Merci, dit-elle en prenant congé des roses.

Marion retourne auprès des licornes qui ont toutes le regard tourné vers le balcon du château. Béatrice les a repérées, sa longue-vue est braquée sur elles !

– Elle nous fait de grands signes, s'inquiète Plotine. On dirait qu'elle nous invite à entrer...

– Surtout pas ! s'écrie Marion. On ne connaît pas ses intentions... Et puis, il faut se dépêcher d'aller chez Hardouin. Je vous expliquerai en route ce que m'ont appris les roses !

Malheureusement, à cet instant, des rayons laser sortent du télescope de Béatrice, projetant un message à l'envers sur la robe de Mila-Lune !

ATTENDEZ-MOI, J'ARRIVE !
C'EST IMPORTANT !

Béatrice disparaît de son balcon et, moins d'une minute plus tard, la voilà courant dans l'allée, sa jupe retroussée pour aller plus vite !

– Que vous êtes belles ! s'émerveille-t-elle en reprenant son souffle. C'est la première fois que je rencontre des licornes… Peut-être pourrez-vous m'aider : je cherche depuis des années le prénom de la constellation qu'on appelle « La Licorne ».

– Le prénom ? relève Marion, surprise.

– Oui, mes livres d'astronomie prétendent que cette licorne céleste porte un prénom. Ils affirment que, si l'on clame ce prénom vers le ciel, la constellation peut prendre vie et descendre de la voûte céleste...

Les quatre sœurs sont elles aussi étonnées.

– Nous ne savions même pas qu'il existait une constellation de la licorne, regrette Céphise.

Béatrice esquisse une moue déçue.

– L'un de mes livres donne un indice sur ce prénom, mais il s'agit d'un rébus que je n'ai jamais pu déchiffrer. Je l'ai recopié, peut-être aurez-vous plus de succès que moi...

La jeune femme tend une feuille de papier à Marion, qui y jette un œil distrait.

– Nous sommes désolées, mais nous n'avons vraiment pas le temps, se dérobe-t-elle. Notre amie, une vraie licorne, est en danger de mort, nous devons aller l'aider !

Sans plus tarder, Marion monte sur le dos de Céphise et le petit groupe s'éloigne au galop sous le regard déçu de Béatrice.

– J'espère que nous n'avons pas perdu trop de temps avec ce détour, déplore Marion. Il faut reprendre la route du torrent et... Oh ! Fabula, qu'est-ce que tu fais ?

En effet, le licorneau s'éloigne à tire-d'aile. On dirait que Fabula a pris en chasse un petit oiseau blanc...

CHAPITRE 6

La citadelle en acier noir

Très vite, Fabula fond sur sa proie et l'attrape entre ses mâchoires ! Le cœur de Marion se serre. Pauvre petit oiseau…

Lorsque Fabula revient vers elle, la cavalière ne peut cacher sa réprobation. Mais le bébé licorne, loin de se sentir coupable, agite la queue et dépose sa victime sur les genoux de Marion… qui éclate finalement de rire !

L'oiseau n'est autre qu'une grue en papier ! Ce joli origami exhale un doux parfum de muguet, c'est sans doute lui qui a excité le flair de Fabula.

– Bravo ! la félicite Marion.

La jeune fille déplie la grue, révélant une feuille rectangulaire de double épaisseur qu'elle déchire sur le côté. Fabula n'a plus qu'à toucher le papier de sa corne pour faire apparaître le message...

Découvre le message secret en découpant les deux pages suivantes !

– La « formule des lettres manquantes »..., articule Marion. Et si les trous dans les messages de la fée formaient une suite cohérente ?

La jeune fille ressort fébrilement tous les messages fourrés dans sa poche. Elle les remet dans l'ordre, sort le crayon offert par la fée, et remplit les trous.

Toi aussi, reprends les messages cachés pour mettre à la suite toutes les lettres manquantes !

Le premier mot issu du premier message est...

– « Abracalidor », lit-elle à voix haute, tout excitée. Ça ressemble bien à un début de formule !

Stupéfaite, Marion demande :

– Celui de Béatrice ?

En guise de réponse, l'escargot poursuit son manège.

CE RÉBUS EST INCOMPRÉHENSIBLE
DANS NOTRE MONDE OÙ LA MER
N'EXISTE PAS. MAIS TOI, MARION,
TU SAISIRAS PEUT-ÊTRE LE SENS DE
CES IMAGES… LA LICORNE CÉLESTE
POURRAIT ÊTRE UNE ALLIÉE
PRÉCIEUSE DANS VOTRE COMBAT !

– Merci ! s'exclame la jeune fille, émerveillée. Comme tu écris bien !

C'EST LA FÉE DES BOIS QUI M'A
APPRIS… C'EST UNE GRANDE AMIE
DE LA FÉE DU MUGUET. MAIS JE CROIS
QUE J'AI TOUT ÉCRIT À L'ENVERS ?
VOILÀ CE QUI ARRIVE QUAND ON VEUT
ALLER TROP VITE !

Chère Marion,

. igre-Acide vient d'arriver chez Hardouin, je les o . serve de loin.

Je n'ai pas . éussi à prendre cont . ct avec Opaline, enfermée dans le donjon.

Prends garde à cette sor . ière, Aigre-Acide. Mon livre de m . gie

prétend qu'une formu . e d . te « des lettre . manquantes »

permettra, un jour, de la neutraliser.

Hélas ! je cherche toujours cette mystérieuse formule.

En attend . . t, Aigre-Acide est . rès dang . reuse :

. . . . prudente.

Elle s'attelle à la suite, qui forme d'autres mots, composant des phrases. Hélas ! la formule paraît incomplète...

– C'est trop bête, s'exclame Marion, frustrée. Il nous manque la fin.

– La fée va nous envoyer d'autres messages, la console Fabula.

– Mais si elle ne le fait pas ? Elle-même n'est pas au courant du phénomène magique qui se produit chaque fois qu'elle nous écrit !

– Regardez ! intervient Plotine, les yeux fixés sur un large rocher plat.

Marion repère aussitôt un petit escargot qui avance sur la pierre... à vitesse grand V ! C'est stupéfiant !

En s'approchant, elle constate que sa bave laisse derrière lui un sillage humide formant des lettres.

VOUS DEVRIEZ PRENDRE LE TEMPS
DE DÉCHIFFRER LE RÉBUS QUI VOUS
A ÉTÉ REMIS...

– Ne t'inquiète pas, le rassure Marion avec un sourire. J'ai compris.

Elle sort ensuite le rébus de Béatrice de sa poche.

**Reporte-toi du rébus de la page 51
pour aider Marion à le déchiffrer.**

Il est vrai que les deux premiers dessins évoquent la mer. Le deuxième est assez facile à deviner. Mais, pour le premier, elle a un trou de mémoire. « Comment s'appelle la corde qui retient un bateau à quai, déjà ? » se demande-t-elle, les sourcils froncés.

Comme le temps presse, elle décide de continuer à réfléchir en cours de route. Le mot « lâcher » tourne en boucle dans sa tête. Que dit-on déjà ? « Lâchez les... »

Après quelques minutes de marche et d'intense réflexion, elle pense avoir trouvé le prénom de la licorne céleste.

Mais pas le temps de se réjouir ! À cet instant, Mila-Lune ralentit, annonçant d'une voix sourde :

– Nous arrivons.

En effet, au loin se dresse un château fort étonnamment moderne : ses remparts d'acier noir luisent comme une carrosserie de voiture. Nulle fenêtre n'éclaire les façades de cette forteresse. Le donjon, au centre, est une haute tour d'allure imprenable.

Marion et les licornes se cachent derrière une rangée d'arbres pour observer la citadelle. Seule Fabula s'envole pour jouer les éclaireuses. Mais, après quelques coups d'aile, elle revient vers ses amies.

– Il y a un homme sur le chemin. Il s'éloigne du château et vient vers nous...

Marion fait quelques pas prudents à découvert. Ainsi, elle aperçoit vite le marcheur. Le pauvre ! Il fait peine à voir... Une longue chaîne est attachée à sa cheville, et à l'autre bout est fixé un boulet. Il avance à grand-peine, ses gémissements se mêlant aux cliquetis du fer.

– Bonjour ! Qui es-tu ? lui demande Marion, saisie de pitié.

– Je suis le valet d'Hardouin, répond le nouveau venu.

Oh ! Marion retrouve aussitôt sa méfiance.

– Qui t'a mis ce boulet ? demande-t-elle néanmoins.

– Hardouin lui-même, bien évidemment, gémit l'homme, essoufflé par l'effort. Il ne pouvait pas se contenter de me chasser pour me punir... Le pire, c'est qu'il a lancé la clef du verrou dans le nid de son maudit condor !

– Mais pourquoi ? s'étonne Marion, radoucie.

– Parce que je refusais d'aiguiser son épée. Il veut

s'en servir ce soir pour mettre à mort une licorne. Je ne veux pas être complice de cet acte cruel !

L'homme s'arrête de parler, épuisé.

Mila-Lune prend la parole.

– Tu es un brave homme et nous, les sœurs de cette licorne, t'offrons toute notre gratitude. Assieds-toi, nous allons limer ta chaîne.

Ne croyant pas en sa chance, l'homme, hébété, se laisse tomber sur une souche d'arbre.

Sans perdre une seconde, les quatre sœurs abaissent leurs cornes et se mettent à scier, scier, scier le métal en cadence ! L'épaisseur de la chaîne se réduit à mesure que de la poudre de fer s'amoncelle sur le sol... Bientôt, le valet est libre ! Il se frotte la cheville avec un sourire radieux.

– Merci, dit-il en traçant des lettres sur le sol avec son index. Voici un mot de passe. Mémorisez-le bien, il vous permettra d'entrer dans la citadelle pour sauver votre sœur. Je vous conseille de ne pas emprunter la porte principale, mais l'entrée plus discrète qui se trouve le long du rempart opposé...

Puis, après un dernier regard ému, il prend congé de ses bienfaitrices.

Pour lire le mot de passe, Marion est obligée de balayer la poussière de fer tombée dessus…

Utilise la carte à gratter pour révéler ce que découvre Marion…

– Ce mot d'accueil ne m'étonne pas d'Hardouin, se moque-t-elle.

L'équipe de sauvetage s'approche enfin de la citadelle. On ne distingue nul mouvement, nulle silhouette sur les remparts. Marion n'est pas rassurée pour autant. On les a forcément repérées puisqu'elles ont dû traverser une vaste prairie sans arbres…

Marion et les licornes longent la muraille indiquée par le valet, sans trouver de porte. L'homme leur aurait-il menti ?

Fabula, qui plane au-dessus d'elles, chuchote soudain :

– Je vois un petit rectangle, là...

Marion grimpe sur le dos de Céphise, puis le long de sa corne... elle parvient ainsi à hauteur de l'objet en question ! On dirait un écran noir incrusté dans le mur. Lorsque Marion le touche, des mots apparaissent dessus, accompagnés d'un clavier.

« Étranger, sois le ... »

« mAlvENu », tape Marion.

Eurêka ! Sous l'écran, une porte coulisse en silence.

Sautant de son perchoir, Marion pénètre la première dans l'enceinte.

Malheureusement, un clignotant rouge attire rapidement son attention au-dessus de la porte : une caméra de vidéosurveillance est braquée sur elle !

Un message s'affiche sur un nouvel écran...

RWCADBRXW MNCNLCNN

– Ça va barder ! annonce Marion aux licornes. L'alerte a été donnée.

Affolée, la jeune fille se tourne dans tous les sens pour trouver une issue.

Devant elles s'étend une vaste cour carrée dominée par le donjon au centre et... rien d'autre.

Apparemment, le donjon est leur seule échappatoire...

CHAPITRE 7

Prisonnières !

D'un geste, Marion désigne la haute tour.

– Allons-y ! C'est là qu'Opaline est enfermée.

Il n'en faut pas plus pour motiver les licornes qui s'élancent au galop sur le dallage.

Mais un violent coup de vent soulève de terre le petit groupe. Même Fabula, qui volait, est déstabilisée et tombe en piqué sur Marion.

– Flûte ! Raté ! gronde une voix maussade.

En levant les yeux, Marion constate que de la foudre s'est abattue sur le donjon. Un deuxième éclair déchire déjà les airs. Cependant, sa pointe est à nouveau déviée et il décrit un zigzag pour frapper le mât métallique planté au sommet de la tour.

« Ce mât fait paratonnerre ! Il nous protège », songe la cavalière.

La sorcière du Tonnerre, elle, n'a pas encore compris. Elle s'acharne et décoche coup sur coup. Mais les licornes sont paralysées d'effroi. Et Marion elle-même ne peut plus se déplacer dans cet air vibrant d'électricité.

– Sorcière du Tonnerre, passe-moi ta réserve d'éclairs ! s'écrie soudain une autre voix de femme, glaciale. Je vais me charger moi-même de foudroyer ces intruses...

BANG ! Aussitôt, une décharge plus puissante que les autres se produit. Heureusement, le paratonnerre dévie l'éclair comme il l'a fait pour les autres. La foudre touche le donjon qui oscille sur sa base.

Soudain, sur un écran fixé à un mur de la tour, un message codé s'affiche...

BCXYYNI UNB LXDYB MN OXDMAN : S'NWEXRN VXW LXWMXA JENL UN ORUNC.

Le silence retombe, jusqu'à l'arrivée de l'énorme oiseau. Il tient entre ses serres un immense filet de pêcheur.

Fondant sur la petite troupe, il la recouvre de ce réseau de mailles dans lequel les cornes s'empêtrent ! Les ailes de Fabula se prennent à travers les cordages ! Marion se débat de toutes ses forces... en vain.

La silhouette redoutée d'Hardouin approche. En un tour de main, il rassemble les bords du filet, bloquant ainsi toute issue à ses prisonnières.

– Emporte-moi ça dans ton nid, ordonne le chevalier noir au condor. Je monte te rejoindre dans cinq minutes.

L'oiseau s'exécute. Sans effort apparent, il décolle avec sa charge entre les serres, s'élevant jusqu'au sommet du donjon où il dépose son « paquet ». Marion a l'impression étrange qu'il y met une certaine douceur, comme s'il ne voulait pas leur faire de mal. Lorsqu'il relâche le filet, elle remarque, sur l'une de ses pattes, un pansement blanc à moitié décollé. Un délicat parfum de muguet s'en échappe...

Comme par miracle, le pansement reste pris dans les mailles. Ni une ni deux, Marion s'en saisit. Elle déchire la gaze, que Fabula touche de sa corne et...

Découvre le message secret en découpant les deux pages suivantes !

– La formule n'est toujours pas complète, soupire Marion, après avoir avidement recopié les lettres manquantes.

Le condor gémit doucement. Elle le regarde et se sent prise de pitié : après tout, il n'est pas responsable de la méchanceté de son maître. Elle remet le pansement sur sa patte blessée. Le condor incline la tête, comme pour la remercier.

Tout à coup, un détail attire le regard de la prisonnière...

CACHOT 1. MDP : J'AIME BÉATRICE
CACHOT 2. MDP : BÉATRICE EST MA BIEN-AIMÉE

– On aura compris qu'il l'aime, se moque Marion. Mais il ne faut pas que je mélange ces deux mots de passe, ils sont presque identiques.

Sous les efforts patients des licornes, le filet finit par craquer. Enfin libres !

Marion s'extrait la première des cordages pour explorer les alentours… ce qui est vite fait ! Il n'y a qu'une tourelle pour seule issue.

Sur la porte, pas de poignée mais un petit rectangle de poussière… Marion l'essuie avec sa manche.

Utilise la carte à gratter pour révéler ce que découvre Marion…

Aïe ! C'était donc un piège !

Évidemment, la porte ne s'est pas ouverte.

Mes a . ies,

H . rdouin et A . gre-Acide m'o . . capturée. Je suis . . fermée d . . s le donjon, où ma magie est impuissante.

Opaline se . rouve dans le cachot d'à côté, nous communiquons en frappant au mur, moi avec ma . aguette, elle avec sa corne.

A . gre-Acid . a blessé le co . dor sans le . . . re exprè . . en voul . . . m'attaquer.

J'ai soigné la patt . de cet oiseau qui m'a remerciée.

Peut-êtr . vous aidera- . -il à nous délivrer ?

– Regardez ces clés ! souffle Marion. La plus petite doit être pour la chaîne du valet. Les deux grosses ouvrent sûrement les portes des cachots !

Les licornes ne répondent pas, trop occupées à scier de leurs cornes les mailles du filet… Le condor, complice, fait semblant de ne rien voir.

En allongeant la main, Marion parvient à attraper les deux lourdes clés, auxquelles sont attachées des étiquettes. Chacune comporte une inscription à l'envers…

Marion court aux créneaux...

Pas moyen de s'échapper par là, malheureusement.

Tout en bas, dans la plaine, la silhouette d'une jeune femme accourt vers le château.

– On dirait Béatrice, murmure Marion.

Mais un bruit derrière la cavalière la fait se retourner.

Dans un nuage vert de fumée âcre, une femme d'une incomparable laideur apparaît. La cruauté de son regard ne laisse aucun doute sur son identité !

Il s'agit de la redoutable Aigre-Acide...

CHAPITRE 8

Le réveil de la licorne céleste

Aigre-Acide avance d'un pas, baguette en main, émettant un ricanement glaçant. Céphise, Plotine, Mila-Lune et Cléophile se serrent les unes contre les autres autour de Marion. Celle-ci se rend compte avec angoisse que Fabula a disparu.

– *Hardouin, mon allié, apparais à mes côtés !* glapit Aigre-Acide.

À ces mots, le chevalier noir se matérialise au sommet du donjon. Asphyxié par la fumée qui entoure Aigre-Acide, il est pris d'une quinte de toux.

– Pff ! ironise la sorcière. Nous avons là un guerrier aux poumons fragiles !

Hardouin la fusille du regard.

Marion enregistre avec une pointe d'espoir la tension qui oppose les alliés, tandis que les licornes et elle-même forment un bloc uni.

Aigre-Acide reprend d'une voix mauvaise :

– Ainsi, jeune fille, tu voulais me priver d'une peau de licorne achetée avec un honnête contrat ? De quoi te mêles-tu ? Heureusement, grâce à ton intervention, je vais faire une affaire : cinq peaux pour le prix d'une !

Marion étend un bras protecteur devant ses amies, qui se mettent en garde, corne en avant.

– Ouh que j'ai peur ! glousse Aigre-Acide en se tournant vers Hardouin.

Une erreur qui lui coûte cher, car elle reçoit un coup de corne de Céphise dans le postérieur !

– Aïe ! crie-t-elle, avant de se masser le derrière.

Hardouin pouffe. Folle de rage, Aigre-Acide plisse les yeux et fulmine :

– Tu es assez maligne pour avoir déchiffré notre code, Marion. Alors voici un autre exercice de lecture...

D'un coup de sa baguette, un message lumineux est projeté sur le dallage !

SN EJRB CXDCNB EXDB JWNJWCRA !

Sans attendre, la sorcière pointe sa baguette vers Céphise et un jet d'étincelles crépitantes fuse dans sa direction. Par chance, sa corne attire le flux de magie. Céphise vacille sous la violence du choc, mais tient bon.

Marion pousse un cri d'effroi... auquel répond un autre cri : Béatrice vient d'apparaître au sommet du donjon, dans l'encadrement de la porte que la cavalière n'a pas pu ouvrir de l'extérieur !

Les yeux écarquillés d'horreur, Béatrice porte une main tremblante à ses lèvres.

Hardouin bondit vers elle pour la soutenir, mais la jeune femme le repousse.

– Ainsi, c'était donc vrai qu'une licorne était en danger ! Moi qui suivais les traces de ses amies pour leur proposer mon aide... Je ne pensais pas, Hardouin, que j'allais aboutir chez vous. Vous n'avez pas de cœur, décidément ! Et vous vous demandez encore pourquoi je ne veux pas vous épouser ?

– Qui est cette mijaurée ? couine Aigre-Acide.

Mais, pour ajouter à la soudaine confusion, c'est aussi le moment que choisit la sorcière du Tonnerre pour apparaître dans une pluie d'éclairs... Elle hurle :

– Hardouin ? Tu n'es quand même pas amoureux de cette fille ?

Malgré la tension que projettent les deux sorcières, l'interpellé ne se défile pas. Il pose un genou à terre devant Béatrice.

– Si ! Je l'aime. Et je lui demande pardon pour la rudesse de mon caractère. Je lui promets de...

La déclaration se poursuit, mais Marion décroche rapidement. Fabula est réapparue à tire-d'aile. Elle semble revenir des niveaux inférieurs du donjon, un morceau de parchemin entre les dents.

Marion en profite pour déchiffrer la fin de la formule magique qu'elle déclame :

– « Abracalidor, reçois un cœur d'or ! Que ta cruauté parte en fumée et que la bonté s'y installe ! Abracalisante, sois maintenant bienfaisante et deviens une fée ! »

À ce dernier mot, les traits crispés des horribles créatures s'attendrissent et deviennent d'une beauté féerique.

Amaryllis, constatant le succès de la formule magique, salue tout le monde d'un gracieux mouvement de sa corne lumineuse, avant de repartir au galop à travers le ciel pour regagner sa place parmi les étoiles.

Ahurie par cette brève et fulgurante apparition, Marion est encore plus surprise de voir les deux ex-sorcières se tourner vers Hardouin et Béatrice pour les féliciter.

– Tous nos vœux de bonheur, leur lance chaleureusement la fée du Tonnerre.

Et son sourire est sincère.

Les joues de Béatrice prennent une jolie couleur rosée... Mais Marion n'a pas le temps de s'émouvoir ! Fabula la tire par la manche en chuchotant :

– Et si on allait délivrer maman et la fée du Muguet ?

Toutes deux s'éclipsent alors par la porte que Béatrice a ouverte. Elles descendent un escalier en colimaçon jusqu'à deux battants verrouillés. Marion fait jouer les clés. Sur la première porte, un écran s'allume : « MP Cachot 1. Un seul essai. »

Marion se concentre, compose le laissez-passer... La porte s'ouvre enfin sur la fée du Muguet, plus jolie et parfumée que jamais !

– Marion, tu as été merveilleuse ! la complimente la fée en embrassant sa libératrice. Je t'ai entendue crier la formule qui a transformé Aigre-Acide !

– Il faudra lui trouver un nouveau nom, rétorque Marion, riant et pleurant à la fois.

Vite ! elle ouvre sans tarder la seconde porte, et une magnifique licorne jaillit du cachot.

Opaline est encore plus blanche, plus altière que

– Non ! laisse-les-moi ! réclame la sorcière du Tonnerre.

Ce disant, elle lève un poing vengeur entouré d'un halo d'éclairs.

Soudain, le bruit d'un galop majestueux retentit… C'est Amaryllis, qui vient d'atterrir sur le donjon. Phosphorescente, la corne brillant comme une étoile, elle s'avance vers les sorcières qu'elle plaque contre la porte. Terrorisées, les deux affreuses n'osent plus faire un geste.

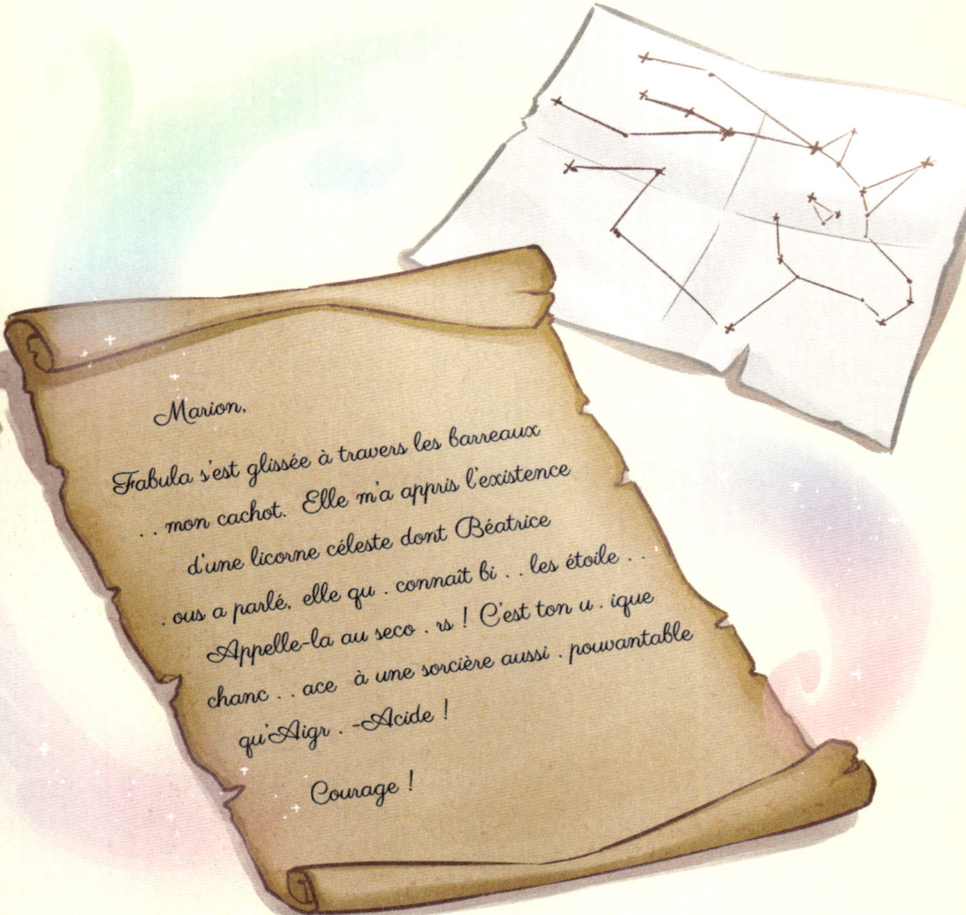

Marion,

Fabula s'est glissée à travers les barreaux
. . mon cachot. Elle m'a appris l'existence
d'une licorne céleste dont Béatrice
. ous a parlé, elle qu . connaît bi . . les étoile . .
Appelle-la au seco . rs ! C'est ton u . ique
chanc . . ace à une sorcière aussi . pouvantable
qu'Aigr . -Acide !

Courage !

La jeune fille se reprend à espérer. Elle attrape le parchemin, à l'insu des deux sorcières, trop occupées à écouter Hardouin. Marion dédouble le papier et la corne de Fabula fait le reste !

Découvre le message secret
en découpant les deux pages suivantes !

Mais oui ! la licorne céleste ! Marion l'avait presque oubliée.

Levant les yeux vers le ciel, la cavalière hurle à pleins poumons :

– AMARYLLIS !

Alors, très loin dans la voûte céleste, des étoiles brillent plus fort. On peut voir à présent qu'elles composent une constellation en forme de tête de licorne.

Pourtant, les sorcières, tout à leur vengeance, ont à peine réagi au cri de Marion.

Aigre-Acide brandit sa baguette vers Hardouin et Béatrice…

ses sœurs. Sa corne d'ivoire torsadée est d'une élégance sans pareille.

Fabula se jette contre elle. Que d'effusions ! Que de remerciements adressés à Marion !

Le petit groupe remonte ensuite au sommet du donjon. Tout en haut de la tourelle flotte à présent un grand drapeau blanc.

Mais une inscription s'étale en lettres d'or sur l'envers du tissu...

MARION, TES AMIS COMMENCENT
À S'INQUIÉTER DE TON ABSENCE.
IL TE FAUT VITE RENTRER CHEZ TOI !

Ce message hâte un peu les adieux de Marion avec les licornes.

Le cœur serré, elle prend donc congé de chacune, salue les fées, le condor, Hardouin et Béatrice... Son dernier au revoir est pour Fabula qui va tant lui manquer !

Les yeux du bébé licorne se remplissent de larmes. Marion s'oblige à les fixer sans ciller. Elle a de nouveau l'impression de plonger dans un lac et de nager dans des profondeurs infinies.

Lorsqu'elle sort de ce rêve éveillé, la voici revenue dans la prairie du centre équestre. Non loin d'elle, Lubéron broute l'herbe grasse.

Les appels de son moniteur et de ses amis retentissent au loin :

– Marion ! Marion !

Après un instant de stupeur, la cavalière leur répond :

– J'arrive !

La jeune fille remonte en selle et fait prendre à Lubéron la direction des écuries. Un coup d'œil à sa montre lui apprend que trois quarts d'heure se sont écoulés depuis son départ pour le royaume magique. Elle remarque aussi, sur son bracelet-montre, un petit rectangle scintillant qu'elle frotte avec curiosité...

**Utilise la carte à gratter
pour révéler ce que découvre Marion...**

Marion sourit, émue.

Le soleil n'est pas couché, pourtant des étoiles sont déjà présentes dans le ciel. Notamment une constellation en forme de tête de licorne...

– Amaryllis, souffle Marion, pensive, avant d'interroger son cheval : Crois-tu que, si je crie son nom, la licorne céleste galopera à notre rencontre, Lubéron ?

Ce dernier ne répond pas. En revanche, il accélère en flairant l'odeur familière de l'écurie.

Devant les stalles, les amis de Marion observent cheval et cavalière approcher. La jeune fille leur sourit.

« J'essaierai, se promet-elle. Quand je serai seule... Je vais garder mon secret pour l'instant. Qui voudrait croire à mes aventures ? »

L'AS-TU VUE ?

Si petite, Fabula a déjà tout d'une grande licorne !

Aussi souple et légère qu'un flocon de neige, elle s'est glissée dans de nombreuses illustrations.

L'as-tu remarquée ?

Combien de fois apparaît-elle dans l'histoire, en dehors des pages secrètes et des cartes à gratter ?

Réponse : Elle apparaît dix fois.

MESSAGES À LIRE AVEC UN MIROIR

p. 11 : Une journée chez nous = quelques minutes chez vous. Tu ne devrais pas être absente trop longtemps.

p. 19 : Bienvenue, Marion. Désolée pour cette invitation « en coup de vent », mais j'ai préféré que tu passes chez moi avant de te lancer dans tes recherches !

p. 39 : Et maintenant, suivez le guide !

p. 50 : Attendez-moi, j'arrive ! C'est important !

p. 55 : Vous devriez prendre le temps de déchiffrer le rébus qui vous a été remis…

p. 56 : Ce rébus est incompréhensible dans notre monde où la mer n'existe pas. Mais toi, Marion, tu saisiras peut-être le sens de ces images… La licorne céleste pourrait être une alliée précieuse dans votre combat !

p. 56 : C'est la fée des Bois qui m'a appris… c'est une grande amie de la fée du Muguet. Mais je crois que j'ai tout écrit à l'envers ? Voilà ce qui arrive quand on veut aller trop vite !

p. 70 : Cachot 1. MDP : J'aime Béatrice
Cachot 2. MDP : Béatrice est ma bien-aimée

p. 81 : Marion, tes amis commencent à s'inquiéter de ton absence. Il te faut vite rentrer chez toi !

MESSAGES SECRETS À RÉVÉLER

p. I : Chère Marion,
Le peuple des licornes a besoin de toi. Sa reine Opaline a été enlevée. Veux-tu aider les licornes à la remettre en liberté, malgré les dangers ? Si oui, sa fille Fabula peut t'emmener dans notre royaume magique. Il te suffit pour cela de regarder fixement ses yeux.
Signé : la fée du Muguet

p. II : Remonte la rive droite de la rivière jusqu'à ce que tu aperçoives un torrent qui se jette dedans. Longe celui-ci jusqu'à sa source : Hardouin vit là. C'est l'indice le plus sûr pour ne pas perdre ta route, car la sorcière du Tonnerre est incapable d'effacer les cours d'eau.
Bon courage !

p. III : Chère Marion,
La rive droite d'une rivière est celle qui se trouve à ta droite quand tu te places dans le même sens que le courant. J'ai oublié de te le dire ! Comme tu remontais la rivière, tu étais dans le mauvais sens. Repars à l'endroit où les torrents rejoignent le cours d'eau et choisis mieux ton itinéraire !

p. IV : Chère Marion,
Laisse cette petite chauve-souris tourner lentement trois fois autour de vous. Au moment précis où elle aura décrit le troisième cercle, écrie-toi : « Belles licornes, mes amies, transformons-nous en chauves-souris ! »
Signé : la fée du Muguet

p. V : Hardouin est passé dans ce château il y a cinq minutes. Il a parlé longtemps, dans l'allée, avec la jeune Béatrice. Je n'ai toujours pas pu m'approcher, mais j'ai réussi à planter des espionnes à côté de lui. Ouvre les yeux, tu devrais les repérer... Va les interroger, elles t'apprendront peut-être quelles paroles ils ont échangées !
Signé : la fée du Muguet

p. VI : Chère Marion,
Aigre-Acide vient d'arriver chez Hardouin, je les observe de loin. Je n'ai pas réussi à prendre contact avec Opaline, enfermée dans le donjon. Prends garde à cette sorcière, Aigre-Acide. Mon livre de magie prétend qu'une formule dite « des lettres manquantes » permettra, un jour, de la neutraliser. Hélas ! je cherche toujours cette mystérieuse formule. En attendant, Aigre-Acide est très dangereuse : sois prudente.

p. VII : Mes amies,
Hardouin et Aigre-Acide m'ont capturée. Je suis enfermée dans le donjon, où ma magie est impuissante. Opaline se trouve dans le cachot d'à côté, nous communiquons en frappant au mur, moi avec ma baguette, elle avec sa corne. Aigre-Acide a blessé le condor sans le faire exprès, en voulant m'attaquer. J'ai soigné la patte de cet oiseau qui m'a remerciée. Peut-être vous aidera-t-il à nous délivrer ?

p. VIII : Marion,
Fabula s'est glissée à travers les barreaux de mon cachot.

Elle m'a appris l'existence d'une licorne céleste dont Béatrice vous a parlé, elle qui connaît bien les étoiles. Appelle-la au secours ! C'est ton unique chance face à une sorcière aussi épouvantable qu'Aigre-Acide ! Courage !

MESSAGES CODÉS À DÉCHIFFRER

p. 12 : Sorcière du Tonnerre, mon amie, brouille ma piste si je suis poursuivi !

p. 20 : Ne te mêle pas d'aider les licornes, Muguette. Hardouin

p. 29 : Hardouin, la fille part dans le mauvais sens !

p. 38 : Béatrice♡, pourquoi refuses-tu de m'épouser ? Je jure de me faire quand même aimer de toi. Hardouin

p. 48 : Je m'engage à payer trente mille ducats contre une peau de licorne et sa corne. Aigre-Acide

p. 62 : Intrusion détectée

p. 67 : Stoppez les coups de foudre : j'envoie mon condor avec le filet.

p. 75 : Je vais toutes vous anéantir !

INDICATIONS CACHÉES SUR LES CARTES À GRATTER

p. 8 : Suivre le V

p. 18 : Secouez le muguet !

p. 30 : ½ 

p. 35 : H. H.

p. 43 : Souffle !

p. 61 : mAlvENu

p. 70 : *Bip !* évasion !

p. 82 : Merci ! 

AUTRES ÉNIGMES

p. 36 :

p. 51 et p. 57 : amarre île lys = Amaryllis

p. 54 : Abracalidor, reçois un cœur d'or ! Que ta cruauté parte en fumée et que la bonté s'y installe ! Abracalisante, sois

p. 79 : Abracalidor, reçois un cœur d'or ! Que ta cruauté parte en fumée et que la bonté s'y installe ! Abracalisante, sois maintenant bienfaisante et deviens une fée !

MIXTE
Papier issu de sources responsables
FSC® C115000

Dépôt légal : août 2021
Achevé d'imprimer en mai 2021 en Chine.
N° d'édition : J21162
Produit composé de matériaux issus de forêts bien gérées certifiées FSC®
(Conseil de Soutien de la Forêt) et d'autres sources contrôlées.

Dans la collection

MÈNE TON ENQUÊTE